歌集

大きな傘

佐藤多恵子

青磁社

大きな傘＊目次

佐藤多惠子歌集

大きな傘

卯月

蝶のごとハープの弦に舞ひ降りし白き双手にしづまる余韻

ハーピスト深爪の指胼胝なすを示しくれたりほほゑみながら

「ラプソディー・イン・ブルー」対き合へるピアノの雌雄昂りて果つ

フルートを聴きたる夜の土佐堀にフェルマータなす橋脚映る

桜花仰ぎゐたりし二時半が師の命終と夜更けて知りぬ

海坂とふ言の葉に泛ぶ前先生眼鏡の奥の遠くを見る目

観桜会の朝の光にかがよひつつ小泉首相の白髪が来る

桜を観る会の一瞬握りける宰相の手の意外とひんやり

花吹雪さざなみのごと地を走りそを追ふわれは車に揺れて

花吹雪浴びて海向くキリンには水平線のなほ遠からむ

病院に祠のありて月一度の通院なれば花に遅るる

黒硝子澄めるファラオのマスクの瞳桜咲く日の光うごきぬ

偏光鏡に迫るミイラの頭蓋骨脳腫瘍の痕明瞭にあり

＊

寄り添ひて目鼻おぼろの道祖神さくらも梅もかがよふ里に

はろばろと来て高遠の城跡の小彼岸桜の色に身を染む

春耕を終へたる畝の規矩正しき安曇野までも黄砂は及ぶ

地球儀を逆に回せど詮方なし黄砂に混じるＰＭ２・５

＊

二千年坑に埋もれし隊列の中に微笑む一兵の俑

撃たれたるさまに脚上げ馬の俑折り重なれる未整理の坑

紫禁城の内外《うちと》いづへに巣のあらむ燕自在に城壁を越ゆ

夕方の自由市場の賑はひに売れ残る鶏腹空かせ鳴く

ウエストポーチの掏摸の手払ひ除けし後疲れの襲ふ黄砂の巷

不用不用繰り返しつつ後ろめたし土産を買へと追ひ来る子らに

「草原情歌」ガイドに合はせ口ずさむはるばる来つる旅の終りに

＊

師を悼む夜の海鳴りは裡より来　骨海に撒けと詠ひたまひき

沖縄の白き渚に杖のあと残しゆく師のうしろ影顕つ

点滴に連れて行かむと猫を負ふリュック姿の初枝師なりき

＊

国民学校一年生の筆箱に危ふさもなかりき肥後守一丁

旧市内に生れしを一つの矜持とし堺古地図に指す材木町

躙り口入れば土壁青畳にほひたつなり和敬静寂

おびただしき椿の落ちて仰向くも臥すも夜来の風雨の仕業

癌フォーラム終り古町散策す畳屋からじ屋自転車屋並ぶ

すつぽんのペニスが乾ぶ道修町の漢方薬局春昼の出窓

悟つたやうに癌を話の種として春の落葉の行方目に追ふ

五日毎にハスミワクチン注射して我の子《ね》歳の春行かむとす

歳言へば「またお願ひ」と電話切らるまたなる時はもう来ぬものを

千二百回の連動地震思ふだに胸に鋳入り春の雨降る

老といふ大きな傘が降りて来てわれを誘ふ　迷はず入れ

皐月

みづうみの波打ぎはに走り寄り五月迎へむ双手を浸す

桐高く花序をささげて風にあり鳳凰の棲む木とも聞きたる

高きより散りて全き桐の花うすむらさきは草にまぎれず

仔燕の餌を待つ刻の長きこと眺めてをりぬ無人の駅に

両の手に包まむほどに膨らめる泡より蝌蚪のいのち雫るる

吉野への急行列車きしみきしみ単線となる山藤の峡

杉森の闇深深と集落を包めりダムの賛否なだめて

稲渕の勧請縄の男のものはこれぞ朗らに夏は来りぬ

根は枝と同じ広さに張るといふ楠千年の今年の若葉

花みづき日に日に苞を広げゆく加速累乗ともいふべしや

*

中之島まつりの出店の台いつぱい堺刃物が光を弾く

打刃物問屋を閉ぢし亡き父が握り鋏に刻みし「多恵子」

薔薇の蜜集むる蜂のきらきらしビル屋上にも養蜂家あり

ハイネの詩の紅き野薔薇はわが知らね凛《すず》しく白き茨に寄りぬ

くれなゐに黒含みたる大輪の薔薇の吐息に歩みを止む

差し潮は桜の宮まで上り来て夕日の影を遡らせる

地を出でし地下鉄電車たちまちに泰山木の花を見下ろす

屋上のクレーンを降りし男らが青葉をくぐり昼餉を食べに

二階の窓開かれてをり樗の花溢るるばかり風湧くところ

雉鳩は昨日の枝に鳴かずをり樗ほろほろ散るより乾く

庭若葉に眼を休めむと向くロッキングチェア司馬遼太郎ありし日のまま

蝌蚪の尾の取れなむ頃か歌一首なすに削ぐことなかなか難し

米三合携へし我等の修学旅行　中三の孫は飛行機でゆく

幼虫の白きが詰まる蜂の巣を退治せし夫得意の顔す

夫丹精のさつきあまりに華やげばわが遺さるる日々如何にせむ

手術受くる夫を待ちゐる高層に見放くる限り新緑うねる

もう何も増やしたくない身に届く通信販売のカタログ厚し

知らぬ町行きて嚙み締む「未来とふ町角にもう私はゐない」

日蝕の終始を見たる一日の心躍りに言多く過ぐ

＊

真木子師の声凛として富士の歌一位の賞状読み上げらるる

五月晴富士の雪渓きはやかに日本平のホテルの玻瑠澄む

台風の過ぎし白波雄《たけ》く寄せ三保の松原舟一つ無し

贈られしブレスレットの煌めきを五月の海の青へ差し伸ぶ

香煙にひらひら舞へる白蝶は師の神《しん》ならむ御墓に祈る

＊

高高と朴はましろき花を挙げ蔵王連山緑を深む

五月末三十度超す風炎が桜桃《あうたう》熟れよ熟れよと急かす

滝白く落ちて最上の碧流に入る悠久を暮るるまで見つ

水無月

つばくろの巣作り拒む商店街に整骨院の軒の巣燕

仔つばめが初めて止まる電線の揺れに危ふく一回転す

巣落鳥の動かぬを見し旅発ちに青葉の翳りしばらくつづく

堺より来しと告ぐればテーブルの話題〈晶子〉に集中したり

青みなづき登呂の遺跡の白日に鳩睦みをり標の上に

蛍火は歌碑のそびらに消えゆけり山法師の花白く泛べる

（清水船越公園高嶋師歌碑）

大寺の裏門入りて伽藍まで遠し落梅あまた匂へる

草に手を切らるることも草笛も初めて知りぬ疎開の日日に

＊

セメントの袋を枕つかの間の工夫の午睡《ひるね》くちなしの辺に

梅雨の夜の電車にほろ酔ひの話し声「あす土曜日は父親参観」

殺虫剤かけて落しし巣の跡に夕べ戻りし親蜂のあり

蛍狩りに行くと心の逸りつつ手巻の鮨にもてなされゐる

此の岸を恋ひて漂ひ来しかとも蛍まつはる夫亡き友に

アガパンサスの紫の毬弾けたり今日も一日降りみ降らずみ

カサブランカ今日は咲かむと三日見つ充ちゆくものは徐《おもむろ》に俟て

くちなしの花の香熟れて黄ばみゆく夏至の光は雨のまにまに

夏至点に太陽のある誕生日夫すこやかに八十六歳

善良なる市井人たれ　師のサイン大事に夫は八十路を生きる

父の齢超ゆるにはこの一年が鍵とて夫はダンベルを挙ぐ

ナポレオン今は廃れて佐藤錦の甘さ勝れるクール便来る

さくらんぼ茎さみどりに残りたり昔あうたうと言ひしがと夫

桜桃は採りて三日の食べものと年に一度はふんだんに盛る

＊

窓鎖せど鉄筋を切る断続音長びく雨期の欝つのらせる

高松塚の壁画を侵す黒黴がわがなづきにも忍ぶか雨夜

鬱の字のなんと難しそが中に入りし我はがんじがらめに

死ぬるまで我を苛む腰痛か醒むれば痛き一日始まる

難聴の母の哀しみ今思ふテレビの音量下げよと言はれ

百合の香の激しき夜を白蓮の生涯を語る書読み耽る

＊

夜十時オペ待合にわれらのみ残りて梅雨の雷におののく

妹の命刻刻迫りゐて梅雨しとどなる外《と》の闇を怖づ

がうがうと人工心肺循環する血の赤けれど命瀬戸際

透析に三十年耐へ力絶え妹逝けり心臓手術に

空襲を母に負はれて生きのびし末の妹夫に先立つ

＊

日本初の第九シンフォニー響みけむ阿波板東の照葉樹林

（徳島ドイツ村）

ドイツパン焼きし工場再現の小麦粉湿りショウジョウバエ群る

白南風《はえ》が蓮田を渡りそよがせる葉はさながらに阿波踊りの手

文月

九穴をもつ身の五感澄ませつつ三伏の暑に今年も耐へむ

アスファルト熱き私道をちりちりと煎らるるやうに小雀走る

雀の嘴逃れむとする青虫の打ちつけらるる灼くる舗道に

耳鼻科にて激しく泣ける児の声はあまたの蟬の声をかき消す

蟬よりも脱け殻小さくそれよりも小さき穴の地に開く不思議

山巓の冷気に触れて染まるとふ赤とんぼまだ淡き七月

御在所岳頂上近き鉄塔の上に燦たり真夏の工夫

＊

夕駅へ急げる人を呼び止めぬこの一刻の虹を仰げと

虹仰ぎゐる青年の長き頸アダムスアップルごくりと動く

くきやかな虹と副虹とのあはひ東へと去る一機の尾灯

この夕べ空より帰る旅人の見る虹の輪の美しからむ

テレビよりはみ出すほどの土石流第一報に我は仰け反る

まさ土とふ柔き土の名繰り返し災害の因分析さるる

＊

初枝論書き終へ長き梅雨も明くいざ脊柱を正しにゆかむ

自らを立て直さむと手術決む脊椎外科医に直《ひた》に対ひて

友の煮しブルーベリーのジャム届く三十七度の土用丑の日

賽の目の豆腐に辣油効かせをり　麻婆さんも暑かつたらう

七月の見舞に金米糖たづさへぬ角《つの》二十四の不思議も言ひて

母校よりブラスバンドの響《とよ》み来て今訪ひ行かむ心の躍る

Jリーグ名誉会長と同級と告ぐればサッカー部員ら目を輝かす

アイスキャンデーに六十年を溯る君体操部われ音楽部

七月を嫌ふ空襲に家失せしも父母の逝きしもこの月なれば

入道雲立てど滅多に来ぬ夕立堺の海の遠退きしより

＊

さくらんぼ涼しく盛りて待ちくれき胃を失へる蔵本瑞恵

カサブランカ激しく香り瑞恵逝きぬ生れくる孫に命を継ぎて

＊

己を問へおのれを問へと迫り来る滝の霊気に背は向けられぬ

菩薩像ひしめくごとき柱状節理禱りの声に滝は轟く

龍の口ゆ受くる滝水甘きかな激しきものの秘むる優しさ

遠ぞけば静かに辷る絹と見ゆ黒森の上の雨中の瀑布

葉月

物ごころつきし時には戦ありき銃後の民とぞもんぺを穿きて

九段坂に珊瑚樹の実を仰ぎつつ「少国民」たりし記憶をつなぐ

戦争の歌を詠みしも描きしもなべては鬼籍八月めぐる

南溟の戦艦に兄が上司より賜びしとふ晶子の訃報の新聞

「日向」の油「大和」に注ぎ術もなく上小島にゐき乗組員らは

兄の戦友半ばはヒロシマ救援に向かひ被爆の生涯なりき

対岸にピカドンを見て十日目に海兵兄は敗兵となりき

われの生われわれに相応《ふさ》ふと思ひ至る戦後生れが八割となり

詐欺偽装ぬらりくらりと蔓延し鰻はなんにも知らずに飼はる

百歳を過ぎて生死の分からぬ人あまたゐる国この夏長し

車窓より見し如己堂の千羽鶴晩夏の風に揺られてゐたり

天主堂の遺壁は爛れなほほめく夏去りがての浦上の丘に

爆心地は日陰もあらず凹みをり今年も増えし犠牲者名簿

わくら葉の黄の半纏の一ひらを拾ひあげたり炎暑の街に

＊

対岸の影黒ぐろと如意ヶ岳野太く三声牛蛙鳴く

一と人交はるところ際立ちて熾んに燃ゆる大文字の火

大文字の左のはらひ右はらひなぞりて知らず首《かうべ》動きぬ

山葵つんと鼻腔を刺してふいに悲し妹逝きて百日が来る

飛蚊症は眼のみにあらず耳もまた寝ねむとすれば細き声憑く

＊

汽笛とも轍の音とも変はりゆくＭＲＩの薄明の洞に

痺るる足休めむと倚る樹の肌に羽化半ばなる蟬喘ぎをり

神経が生きゐるゆゑの痛みとぞ主治医の言にわづか救はる

病室の八月六日日曜日イヤホンに聴く広島の蟬

二足歩行七十年を支へたる腰椎二つ金具に繋《か》けぬ

氷枕《ひょうちん》の溶けゆくまでをまさぐれる枕の熟語六十あまり

神経の要衝としてある腰に意識集めて一夏過ぎぬ

＊

待ちわびしただ一輪のけがれなき月下美人のために夜伽す

歌生まむ願ひに見入る月下美人ややゆるびたり零時の針も

自在鉤のやうな花茎の先に咲き呼気にも震ふ月下美人は

純白を保つは疲れやすからむ月下美人のうなだるる後夜

異株受粉も叶はぬままに一夜花月下美人の夜明は侘し

＊

留守中の水遣り頼むと隣人は腰に蚊遣りを点して来たり

橋桁に涼を取りゐむ白鷺を見つつ紀伊へと鉄橋渡る

鳶群れて獲物を漁りゐる岩場仲間外れの一羽が眺む

夕立に迎への車待ちてをり幼と玩具　西瓜とわれと

吊すものなべて新涼まとふなり蓮の掛軸羽毛のはたき

淋しさを受け入るること諾ふに似て韮の花かすかにそよぐ

長月

立て込める巷を離れ観る月の光に濡れて肌寒おぼゆ

月仰ぐ児のうつとりと呟きぬ「私を迎へに来るかもしれない」

さみどりの鏃《やじり》をもたげ彼岸花茎すくすくと伸びる四五日

彼岸花きのふ三つ四つ今日は群朝の光に露を弾けり

彼岸花直ぐ立つ茎のさみどりの捧ぐる緋色からまりあへる

彼岸花庭べに咲かせわれは愛づ忌むとふ人の美意識拒み

秋の蝶車の艶に映りつつもつれ出でくる無人ガレージ

蟋蟀聴く勝者敗者のこもごもの涙のテレビ消したる闇に

センサーの女の声が風呂沸くと告げてしばしののち虫の声

跨線橋渡りつつ見るビルの間に黄金に染まる豊鰯雲

ロータリーの植込に鳴く鈴虫に弔ひ帰りの心安らぐ

花綵《はなづな》の島も九月は恐ろしやまたもや下るヘクトパスカル

土石流に爪楊枝のごと倒れたる杉の林の報道写真

秋なほも暑き博物館の前「考へる人」の軀の逞しき

ピロリ菌マイナスと分かり十字路に仰ぐ浮雲やうやくの秋

＊

秋祭りの太鼓の響き聴いてをり晶子の生家近きホテルに

甲斐之町東の開口《あぐち》神社には鳳《ほう》志やう通ひし女学校の碑

喜寿われの革命として大阪都構想肯ひビラも配りぬ

屋上にも通りのたこ焼匂ひ来るオダサクのゐし街の秋空

コスモスの空やはらかきその果に硝煙臭の充満するか

月詣りの僧に問へどもテロ阻止に仏教徒の為すべきを答へず

報復のとどのつまりは核ならむ「自由の女神」の心を聴かな

セプテンバー十三日の金曜日体外受精児三十万超す

＊

夫の祖母金瓶村の出でにして茂吉をモキッと呼びゐしといふ

新米を食べつつ夫の連想はわんぱく盛りの怪我に遡上す

夫の描く故郷の家の間取図に丸き背中のおふくろが顕つ

老二人秋の灯しを異にして更けて台風の行方確かむ

神無月

ひつぢ田の今年の伸びの早きこと見つつ「京終《きやうばて》」「帯解《おびとき》」を過ぐ

石上《いそのかみ》の神の尾長《をなが》鶏の悠然と秋の夕べの老樹の枝に

み社の檜皮の屋根を仰ぎても鈴を聴きても木犀薫る

布留川の水を屋敷に引き入れて鍵もかからず応《いら》へもあらず

十三重の石塔囲むコスモスの野分に荒れて梵字のごとし

業平にゆかりの観世音菩薩秋雨《しゅうう》に耳を傾けたまふ

黒髪の山に降る雨しくしくと詠める万葉歌われも濡れゆく

校門は固く閉ざすといふ規則「まつかな秋」の歌聞こゆるに

教会に学びあひたる歌の友帰りにオリーブの熟れ実を拾ふ

大阪城の濠の石垣攀ぢむとしまたずり落つる白き捨て猫

＊

チェリストは腹式呼吸してゐむか深き音色に「白鳥」奏づ

青年のホルンのソロに呼応してオーケストラの響高まる

はしきやし大和言葉に「故郷」を歌ふロシアの黒髪のひと

からたちの棘は痛いよ　ソプラノに浸さる夜のしみじみと秋

「悲愴交響曲」果て胸迫りたるいくばくの時経てカンブルラン譜面閉ぢたり

＊

帆のやうな翅運びゆく蟻群のゆるき動きに秋の陽ゆるる

遠目にもパンパスグラスは誇らかに純白の穂を秋天へ掲ぐ

武蔵野の刈田の上を新幹線流れてゆけり光を帯びて

霜月

牛乳の白さしばらく鳩尾《みぞおち》に留まりてあり冬立つ朝

茶の花の蜜もとめくる蜂のあり十一月のあたたかき昼

次の忌に会はむと山茶花の垣に振りあひし手がつひとなりにき

セメントを滑らかに塗る鏝先に山茶花の紅はらはらぎやまず

いくらでも釘の出てくる大工の口見詰めてゐたり幼き私

桜樹より背高に咲ける皇帝ダリア小春の空をなほ青くする

わが町に赤子がこんなにゐたのかとなにか嬉しき小春日の道

青空へ高い高いと子を揚ぐる若き父さん小春日眩し

ワクチン接種待ちゐる我と目の合ひし坊やが母の胸に顔埋む

落ちさうな柿に光の射してをり高野街道きつねのよめいり

わが町を高野山極楽橋ゆき急行が飛ばして行けり人溜まりを置き

黄落の街たちまちに縮図たり透明エレベーターわれを吸ひ上ぐ

杖の音を装飾音と聴きながら落葉静けき道を辿りぬ

われよりも淋しき人に寂しとは言へず戻りぬ落葉の道を

母よりも父殺めらるること多き記事に想へり分身といふを

*

立冬の富本憲吉旧邸の定家かづらにすがる空蟬

「作品が墓」と遺しし憲吉の白磁の一壺気迫を秘むる

頸椎の手術終へたる妹の朦朧の瞳に写りゐし吾か

耐ふること多かりし世代はらからの臓に巣くへる癌はた結石

霜月尽兄の命終迫りつつ一日ひと日の無事に暮れたり

師走

師走二日兄逝き三日姉も逝く落葉舞ふ空手つなぎゆくか

兄と姉の命果てたる歳晩を水仙は咲くおのが白さに

寂寞の韻きに積もりゆく落葉死者には後の哀しみあらず

ジョン・レノン死後三十年偲べども開戦のこと語られぬ八日

兵馬俑動き出すがに整然と北朝鮮の軍隊歩む

レジ袋風孕みつつまろびつつ車道を斜に渡りゆきたり

木枯しの中走りくる赤バイク何枚の喪中はがき配るか

柊の花の香すがし界隈の知るべ老いゆく袋小路に

「千の風になって」の歌の流れゐる風なき地下街冬の噴水

＊

久びさに冬の大和に帰り来し阿修羅王像素足のサンダル

黄落を掃き清めたる仁徳陵『風の王国』は此処に始まる
（五木寛之著）

被葬者の判らぬ古墳の鬱蒼たり濠に居着ける水鳥あまた

漣を横切る雄を先頭に水の尾引きて鴨の寄り来る

強西風《にし》に吹き寄せられし鴨の陣雲の翳りの波立つ濠に

くすの木の黒実啄む椋鳥の胃の腑樟脳の香に満ちてゐむ

木枯しに吹き落されし鳥の巣の山茶花の下に震へてゐたり

枯蓮の鋭く折れて葉は襤褸ふと地獄絵の立ち現れぬ

大き葉の襤褸となりてすさまじき枯蓮は泥と相哀れめる

石光寺へ無沙汰を詫ぶる候文はつはる風邪に籠りし晶子の

手づくりの飴の袋に懐かしむ鈴鹿野風呂の寒牡丹の句

煮麺を啜れば眼鏡くもりけり當麻の里を時雨過ぎゆく

＊

海坂はただにひろごり死も生も湛へ冬至の陽に耀へる

極楽鳥花《ストロリチア》は鋭き嘴を海に向け崖に咲きたり紀の国の冬

満潮の熊野の灘と枯木灘潮目をなして今入り交へる

潮騒の高まり来たり雨雲の下になびける水仙の原

満つるなき海に悲しみ放たむと来て水仙の花叢に遇ふ

十六時五十五分の日没に宵の明星すでに光れり

＊

もう・まだと繰り返しつつ手術後の焦りつのらせ冬至となりぬ

待つとふは難しきこと歳晩を焦れば焦るほど心身傷む

癒ゆること焦るあまりに我と我が陥らせゆく迷路の暗し

がんばるな病む経験も必要とふ友のことばを齝《にれが》みてをり

わが治癒とラ・フランスの追熟を気長に待てる夫の横顔

睦月

新年を寿ぐ菓子の包装紙に紫野行き標野ゆく歌

使ひ捨てカイロが一つ落ちてをり散るものものなき元旦の道

戦争を知らない子らが執る政権の亀毛兎角に年あらたまる

干支の絵のなべて左を向く賀状羊西向きや尻尾は東

数の子をぷちぷち食みて思ひ出づ家族五人の卓袱台のこと

七草粥今日は一粒万倍日　土に触るるなく世過ぎをなせり

「雪の降る街を」を聴けば甦へる姑の柩に添ひ行きし道

甘酒を啜りかまくら懐かしむ庄内の雪は重たしと夫

墓参りの後に余暇ありニサンザイ古墳の濠へ鴨を見に行く

冬鳥のあまたなる声天降りくる玉砂利の道ゆるく坂なす

高きより高きに移る夕烏寒雨に餌は見つからないか

わが町も活断層の通れるを四温の光浴びつつ言へり

海の方淡き黄昏わが町を今年は雪雲過ぎゆくばかり

＊

白葱をひかりの棒とはよく言つた泥付葱をするりと剝きぬ

寒晴れに一日干しおく白菜の黄色き芯の芽が立ち上がる

鬱屈のかたちに似たる大和薯寒九の水にごしごし洗ふ

人払ひして切り落とす黒潮の色を残せる寒はまちの頭

残り生にいくつの生命戴かむ赤殻硬き寒卵割る

左手は右手の過誤を受けやすし佐《たす》くる者が罪負ふやうに

傷の指立つれば観音のやうな影なに施すなき一生ならむに

＊

列《なら》ぶとき人は後ろを見せてをりマフラーの上に耳翼を立てて

悲しみをマフラーに埋め帰りゆく常強かりし男の一人

ダウンコートの友淡淡と言い出づる乳房失ひ五年過ぎしと

大寒のアスファルト湯気を立て敷かる年度末予算消化のために

水上カフェ寒うららかにランチタイム水陽炎のゆらぎゆらぎて

大寒の舌焼くほどのタンシチュー木目の粗きテーブルに来つ

パソコンの起動待ちゐて掛け替ふる昨日買ひたる冷たき眼鏡

削除せぬままに脳《なづき》に滞るものが騒ぎて睡りを乱す

如月

靴の中に菊地武男とふ職人の名前を踏みて霜の朝戸出

死刑執行命ずる女性法務相皇子縊《くび》る宣は女帝斉明

日溜りに独り芝居をするやうに古木が咲かす梅二三輪

良性腫と告げられ帰る道の辺の冬草青く日差し明るむ

退院の後のとまどひ馬鈴薯は芽を出し家事の遅れ促す

暖冬を喜びゐつつ雪を見に行かむと願ふ予後の気ままに

明日節分歯の弱りたる齢にて丹波黒豆煮含めてゐる

春を待つ卓にはつかの埃あり栞挟める『家庭の医学』

「鬼は外！」大音声を競ふがに響きし昔の闇は濃かりき

廃業のホテルは闇を抱く箱一つ灯るは守衛室ならむ

常のごと夫の挽きゐるコーヒーの殊に芳し立春の朝

立春の夕焼雲に染まりつつ襟搔き合はす明日もかくあれ

＊

師の在りし百舌鳥《もず》夕雲《せきうん》といふ町の如月の空にタクト浮べつ

その域に古墳もありて狸棲む府立大学百舌鳥キャンパスは

鶺鴒が冷たき舗道を歩みゆくここ二三年百舌鳥川澄みて

霊柩車見れば親指隠す癖親の世代の去りにし今も

母の留守に添い寝しやりし妹の足の温みを手が覚えゐる

＊

適塾に虔み入りてロッカーの手擦れの木札拾番を抽く

洪庵の使ひし薬研も乳鉢も拭き清められガラスを隔つ

水煙は火伏のほむら今日無事の四天王寺の塔夕映ゆる

春節の心斎橋筋賑はせて売り手買ひ手も中国語なる

昼夜なき灯にコンベアの餌啄み鶏は日課の無精卵産む

ウイルス禍の鶏二十余万埋むる野を浄めて積もれ春牡丹雪

一瞬の交尾につづく舞ののち雪野を発てり比翼の鶴は

くさかんむり明るく萌ゆと運びゆく猫毛の筆に淡墨《うす》匂ふ

弥生

動く歩道に二十一世紀人流るマンモス・ラボの厚硝子の前

（名古屋　愛・地球万博）

睫毛残る眼をうすら開くマンモスの凍りてよりの時空を測る

極寒の地に生きしゆゑ耳小さきマンモスの語る地球の歴史

草食のマンモスをヒトは食ひしとふ石槍《せきさう》石斧《せきふ》もて襲ひしか

＊

巨大なる舌這ふと見し映像は時速五十キロの津波の鋒先

生命を育む海と思ひしに津波あまたの命攫ひぬ

避難所に産声あげし男の子あり天変地異の三月十一日

稲藁のセシウム汚染知らぬ牛は飼はるる限り黙黙と食む

蔵王山を脊梁となす庄内の夫の故郷は大禍免かる

少年の脳死の心臓ヘリコプターに運ばれ青年の命をつなぐ

皇后のみ脇支ふる天皇のみ手に見倣はなければと夫

＊

釣支度のわが海彦は糸の丈二尋三ひろと呟きてをり

卒寿なる叔母のベッドの愛唱歌集「城ヶ島の雨」に栞挿める

紫の栞出で来ぬ一まづは歌集を措きてティータイムとす

落椿掃かず萎るるのみ拾ふ法然院にそを見し以来

杉の花触るれば青く烟らひて胞子発たせり待ちゐしごとく

和へるとふ大和ことばを慈しみ夕べ木の芽の香りを立たす

朴訥な摺木がリズミカルに唄ふ山椒の木の芽と擂鉢で和し

のど飴のゆつくり溶けて春の日の没るにいとまのある二上山

転任の息子一家に添ひ行きてホテルに知りぬ枝雀の縊死《いし》を

転宅の荷物のあひにをさな児は寝息たてゐき縫ひぐるみ抱き

東京湾の風強き地に転勤の荷物解く日日声の嗄れたり

喪の旅に越後は長し左手に雪もよひなる日本海見て

新しきネクタイの義弟を納棺す企業戦死などとは言ふな

告別の朝の月山晴れ渡り真白き雪の全容現る

＊

指骨のやうな珊瑚を拾ひつつ女孫に語る戦ひのこと

珊瑚礁の波と別れて来し風が渚の少女の胸ふくらます

砂糖黍収穫終へし春分の靡くものなき風の明るさ

トックリ椰子の林を辿りゆく不意をつきし轟音　米軍訓練機

琉球バスやむなく迂回する基地のフェンスを高く揚羽蝶越ゆ

ゆくりなくさくら散る日の師の故郷平戸の島へ橋渡り来ぬ

雛ぼんぼり昼も灯せる飛魚の干物商ふ店の奥の間

明治帝生母の出でし島と知るじやがたらお春未練の平戸

あとがき

第一歌集上梓から早や十六年、その間「第二歌集は?」と問われる度に、「八十歳まで生きたらね」と言い、体調をお案じ下さる方々には「曇り時々晴れです」と答えていました。二度の手術、再三の入院など身心の不調から逃れたくて、この世から消えたいと思う程の苦悶の時期もありましたが、師友、家族に支えられて、傘寿を迎えることができました。感謝の外ありません。今は何事も受容しようという心境に至っております。

進歩も深化もない歌ばかりの羅列ながら、この度、自選三百六十首を第二歌集といたしました。

編集は作順に関らず十二ヶ月に分け、私の誕生の卯月から始め弥生で終ってお
ります。

ご多忙の藤井幸子先生に、お目通しと帯文、五首選を賜りました。
春日真木子代表と審査委員の先生方には、奇しくも「八八八」という末広がり
の叢書番号を頂き幸せに存じます。
平素共に学び合う天王寺支社の代表、津山類様はじめ歌友の皆様にもお励まし
を頂きました。
出版に当り一切を、青磁社社長永田淳様にお力添えを頂きました。
仁井谷伴子様には美しい装幀をして頂きました。
お世話になりました皆々様に心より厚く御礼申し上げます。誠に有難うござい
ました。

平成二十八年十月

佐藤　多恵子

著者略歴

佐藤多恵子　（さとう・たえこ）

1936年　堺市生まれ
（三国丘高校7期生）
1985年　水甕入社
1997年　水甕同人
2000年　第一歌集『郭公よ啼け』出版

現代歌人集会会員

歌集　大きな傘　　水甕叢書第八八八篇

初版発行日　二〇一七年一月二十一日
著　者　佐藤多恵子
堺市北区中百舌鳥町六丁八九三―二〇（〒五九一―八〇二三）
定　価　二五〇〇円
発行者　永田　淳
発行所　青磁社
京都市北区上賀茂豊田町四〇―一（〒六〇三―八〇四五）
電話　〇七五―七〇五―二八三八
振替　〇〇九四〇―二―一二四二二四
http://www3.osk.3web.ne.jp/~seijisya/
装　幀　仁井谷伴子
印刷・製本　創栄図書印刷

ISBN978-4-86198-370-2 C0092 ¥2500E